三國演義人物五百辯

野石 著

西泠印社出版社

《三国演义》开篇词

滚滚長江東逝水
浪花淘盡英雄是非成敗轉
頭空青山依舊在幾度
夕陽紅白髮漁樵江
渚上慣看秋月春風一
壺浊酒喜相逢古今多
少事都付笑談中

我的曾祖父鲁书先生手迹（集字）

《三国演义》开篇句

天下大势

分久必合

先严手迹（集字）

作者近照

作者近照

葉伯民吟詠三國演義人物對聯增訂集朱梓鈞法賀

評點古今風流人物

蔚成時代聯律大觀

時在戊戌二月壽田廣翁撰書太鶴山松閣

刘备—赵云联

抚慰忠臣襁褓娇儿随手掷

植根脑海厚恩明主比天高

戊戌夏月野石书

联林又茁一新枝

《三国演义人物五百联》引言

小时候喜欢听三国故事，常常缠着人家讲《三国志》。长大了才知道故事原来讲的是《三国演义》，历史和小说是两码事。

故事人物中让我最为佩服的是足智多谋的诸葛亮和忠勇双全的『五虎将』。周瑜太小气，不喜欢；曹操太狠毒，让人憎恶。吕布那么傻，一人能敌刘、关、张，武艺天下第一，却是没谋略的莽夫。其他如庞统、徐庶、水镜先生、郭嘉、典韦、许褚、张昭、陆逊、太史慈……多少英雄豪杰，个个鲜灵活现，随时都能道出他的姓名和文韬武略，可见小说写得非常成功。

从《三国志》到《三国演义》的一千多年间，有关三国的故事传说和诗词歌赋频见迭出，如宋、元平话和杜甫、苏轼的千古绝唱。《三国演义》之后六百年来，杂剧、京剧、昆剧、电影、电视等更是相映生辉，无处不在。演三国、说三国、唱三国、写三国，诗、词、书、画、说唱、戏文……凡是能够表现三国的文艺形式都得到了尽情的展示，但从未见谁以对联结集成书写三国人物的。如今却有叶伯民先生（笔名野石）填补了这个空白，这是一件非常有意义和可喜可贺的事。

对联俗称『对对子』，是极受百姓喜欢的传统文化，千百年来在启蒙教育中分量不轻。很多杰出人物，小时候都会对对子，流传下很多精彩的故事。譬如现代名人章乃器七岁那年，和祖父章楷先生对对子就很典型。这也是一副叠加对联（递增联），见出博学鸿儒章楷对小孩循循善诱的良好教育。章楷出上联，第一句是『岳飞』二字，小乃器应声道：『秦桧。』对对子由此展开，逐步引向深入。

『忠臣岳飞』，

『奸贼秦桧』；

『笔赞忠臣岳飞』，

『箭射奸贼秦桧』；

『笔赞忠臣岳飞，流芳百世』；

『箭射奸贼秦桧，遗臭万年』。

章楷听了十分高兴，联对虽然很普通，亏得小孩子却能对答如流。所以，有人问他儿子怎样，章楷先生自豪地说：『吾有孙矣！』果然，在二子六孙中，尤以乃器出类拔萃，其成就更出父兄诸弟之上。

对联是我国独有的文学体裁，举世所无。古代非常重视诗歌创作，而对对子是学诗的第一步，掌握平仄声韵、格律对仗，为日后作诗打下基础。因为对对子简单易学，学得好大受夸奖，容易引发小孩的兴趣，提高其参与积极性，是启智益慧的好办法。而且都是正面引导，培养辨别是非善恶的能力和爱憎分明品质。可见，《三国演义人物五百联》不仅填补了三国文史工作的一个空白，而且，在推动传统文化的普及，尤其是作为广大中小学生的辅助读物，其意义之重大也是显而易见的。《三国演义人物五百联》中赵云一首写得很好：『世上真豪杰，人间大丈夫。』赵云在百万军中救小主突围的故事简直惊天动地，出神入化，以『真豪杰』、『大丈夫』定评，当之无愧。对联工整，平仄协律，文字简练，声韵铿锵，所以一诵便能上口。

《三英战吕布》写得很生动：

上联：『丈八矛，偃月刀，双股剑，三英豪气冲牛斗』；

下联：『赤兔马，方天戟，紫金冠，一骑雄风传古今』。

上联写刘、关、张，下联写吕布，句式由『三、三、七』构成，一顿一挫，字字掷地有声；豪气雄风，弥宇溢宙，给人印象极为深刻。对联很讲究平仄，如『三英』为『平平』；『一骑』为『仄仄』。『骑』字可平可仄，『骑马』的『骑』是动词读平；『一骑』的『骑』是量词读仄，如杜牧『一骑红尘妃子笑』，读作『仄仄平平平仄仄』，这才符合格律要求。南朝沈约说的『前有浮声，后须切响』即是此意。所以，对联可以说是汉字语言音韵的精彩总结，它具有平仄、声韵这两种要素。

对前人的佳句，叶先生用得很巧妙，而且恰如其分，以下两联可见一斑：

『座上客常满』，交友美谈传万古；

『杯中酒不空』，让梨佳话誉千秋。

属对非常工整，高度概括了孔融的一生，勾勒出鲜明的个性特征和全貌。前半联对句就是从书中现成引来的。

东吴亡于孙皓之手，撰者也用了同样的写法：

根基毁尽，『千年铁索沉江底』；

祖业淘空，『一片降幡出石头』。

上下联后半句也是现成的名句，不难发现前半句四字与后半句七字是一种因果关系。如果不是『根基毁尽』，怎会『千年铁索沉江底』？若非『祖业淘空』，又何至于『一片降幡出石头』？一联二十二字，笔者虽然只添了八字，却是匠心独运，别出心裁，把个孙皓沉湎酒色、荒废朝政、终致国破山河碎的腐朽本质和无能嘴脸和盘托出。

文艺创作需要诗人才广学博、通古晓今，然后方能臻于挥洒自如的境地，且看《关羽——刘备》联：

『大意失荆州，骨牌效应「多米诺」，败走麦城，千秋饮恨。』（关羽）

『兴师不纳谏，结局难逃「滑铁卢」，托孤白帝，万古衔悲。』（刘备）

失了荆州，败走麦城，这的确含有『骨牌效应』，引起『多米诺』现象的连锁反应。

不纳忠谏，意气用事，导致火烧连营七百里，才有『白帝托孤』的遗恨，与拿破仑兵败『滑铁卢』、一蹶不振又有何异？以现代流行的西方词句入联，恰切而又风趣，可谓别开生面，这种笔法是值得我们学习的。

康有为之女康同璧说：学诗当从律诗入手。前人则强调，学律诗必须从学对联起步。此论大体正确，但勿以为对联很好学，如同作诗，大多初学者都从绝句起笔，严格地说，绝句比律诗更难。楹联创作当然不完全如此，然而，在某些方面也有其自身的特点和难度，如句法无定格，诗词句式则有严格规定。对联遣词造句比诗词自由，有点散文化，源于汉赋、脱胎于骈俪的四六文，自由中有必然，必然中有自由。归根到底，在于作者自身的学养功夫，即对汉语言的掌握熟练程度，如语法修辞、音韵学、逻辑结构等等。尤须一提的是对联更倾向于趣味性，需有奇思妙想，伴以妙语隽词。南宋状元王十朋（系温州乐清人）题温州江心寺联：

『云朝朝朝朝朝朝朝散，潮长长长长长长长消。』

利用汉语一字多音、一字多义的特点撰成，这又是举世所无的。八百年来，此联雄视联林，无与媲美。楹联最难的是出奇制胜，无奇则无味，任是千联万对，也无法在读者心底留下半点痕迹。叶君以联集索评，因书浅见以应，勿以寡陋而哂，则幸也奚如！

留葆祺

二〇一八年夏月

（留葆祺：丽水市刘基研究会顾问，温州市王十朋研究会顾问，著有《刘基散论》等书，在青田县老年大学讲授诗词多年。）

序

我在德国汉堡工作期间，认识了在帕彭堡市（PAPENBURG）经营餐馆的叶伯民先生。在同叶先生的交往过程中知道，他为人厚道，讲信誉，重友情，赢得了当地居民和各界人士的好感和支持。一九九七年叶先生回国定居，不久我也奉调回国，过起退休生活。

过去只知道叶先生曾务农、打工和经营餐饮业，及至后来拜读其《谦益斋诗选》，才知道叶先生其实是位诗人。书中佳篇名句，美不胜收，使我大开眼界。叶先生在文学田野上辛勤耕耘，并获得了丰收。

此次承蒙先生寄来新作《三国演义人物五百联》联稿，粗略读后，顿觉耳目一新，对联大都耐人寻味，令人爱不释手。

叶先生酷爱中国古典文学，诗词修养颇深。《三国演义人物五百联》，是其研究及创作的最新成果。以对联形式对人物做出评价，虽非叶先生首创，但能对这么多的三国人物一一做出评价并结集成书，实属难得。作者对人物的评价深刻精当，用语风趣隽永，有自己独到的见解和表达，值得人们认真品味欣赏。

浙江省物华天宝，人杰地灵，文化积淀十分深厚。许多著名的科学家、文学家、企业家和政治家诞生于此，其中文豪鲁迅、文学大师茅盾和诗坛泰斗艾青尤令人敬仰。叶先生虽然学历不高，但在这种文化氛围熏陶之下耳濡目染，自然得天独厚。加之叶先生天资聪颖，勤奋好学，所以在文学创作上也有所建树。叶先生视野开阔，兴趣广泛，对国家、民族、人生以及日常所见所闻勤于思考，有独到的感悟和见解，并用诗词和散文随笔表现出来。不计市场效益，但求生活充实。如果说过去从事职业活动时，忙于生计，没有更多的时间和精力从事自己的业余爱好，那么现在回到国内则终于可以优游自得了。我衷心期盼叶先生有更多的佳作问世。

潘海峰

二〇一八年夏月

（潘海峰：中国前驻汉堡总领事）

自序

本书的前身是二〇〇八年出版的《三国演义人物对联集》。去年春季的某一天，打开购书网站查看书的销售行情，一位购书者的留言引起我的注意，他指的是拙作可以作为《三国演义》的辅助读物。（附图，见下页）诚然，这只是他个人的看法，不具代表性，况且拙作的一百六十副对联除了质量粗劣之外，数量也很不匹配。经过一番思考，我必须正视并努力弥补这一缺失，这才是我应有的态度。

经过一年的续写，与原版的一百六十副合二为一，易名为《三国演义人物五百联》。新作已将读者的意见作为指导思想，写完后，有五百三十副对联，增量达二倍多的总量贯穿在一百二十回的故事情节当中，尽量使读者从对联中读出《三国演义》的大致脉络。

新作的编排形式与原版的魏、蜀、吴、汉—晋顺序有着根本的区别。为了尽可能体现辅助读物的功能，对联的编排是按章回顺序展开的。由于每一副对联长短、字数存在差异，所占用的空间也不一样，为使每个页面都有比较匀称的字数行间，同一回里，编排顺序有其灵活性，并没有严格依照内容先后序次。

书中的对联归纳起来有就地取材、拉郎配、集句、凑句四种模式。先说就地取材：第二个页面有刘备的二副对联，第一联的上联原封不动地取自书里，下联是依据内容组合出来的一行文字。第二联与第一联稍有不同，上下联都是依据内容组合出来的。何为拉郎配？譬如第二回孙坚联，上联取材为十七岁的孙坚在钱塘剿杀海贼时的一幕，下联取材会盟洛阳时作为一镇诸侯时的孙坚。与同一人的拉郎配不甚相同的还有另一种拉郎配，譬如第十九回的刘安—夏侯惇联，刘安杀妻待客在第十九回，而夏侯惇拔箭啖睛在第十八回，而且上下联写的是完全不同的故事。集句：罗贯中先生的文笔太精彩了，譬如第九十一回七擒孟获后南征班师集句联：『同申三令，鞭敲金镫响；共展七擒，人唱凯歌还。』上联的『同申三令』与下联的『共展七擒』取自祭泸水文的第七行，上下联后面两句取自同页的第二十二行，经过位置的挪移就集成十分工整且意涵深厚的联语。再譬如从第四十四回《铜雀台》赋集联：『瞰云彩之动浮，俯皇都之宏丽；望果园之鲜绿，观漳水之碧清。』上下联只是做了个别字的调整就成为一幅赏心悦目的图画，笔者不忍将这样的语句舍弃，以集句的形式收藏在拙作里。凑句：简短是其特征，但内涵很丰富，笔者也是出于占有的心态，将其收入囊中。不过，集句、凑句两者加起来仅二十来副。

罗贯中先生是文学的全能大师，书中诗词歌赋，琳琅满目；骈文俪句，熠熠生辉。

我粗略统计：全书有五绝四首，七绝一百二十首，五律二十八首，七律二十一首，古风十四首，歌四首，赋二篇，还有开篇词等等，诗章大多出现在故事情节高潮迭起时，每每借诗抒发胸中感受，表达他的立场观点。全书一百二十回，每章均以对联结尾，而且对得十分贴切工整。

《三国演义》是一部百读不厌的好书，其内涵涉及政治、经济、社会、军事、外交诸多领域。政治家、战略家，熟读它对治国理政有帮助，其中许许多多的战例、谋略对于带兵打仗的指挥员更是圭臬珍宝，值得借鉴。

罗贯中先生对我国文学事业做出的贡献真是太大了，向罗贯中先生致敬！

戊戌夏月　野石写于谦益斋

图为网友建议

出版说明

一、本书作者试将此书作为《三国演义》之辅助读物来打造。当然此意图能否实现，有待于市场检验，并有赖于读者认可程度。

二、内容取自原书情节，联对中的看法不完全代表作者的历史观。

目录

黄巾起义

帝侧十常侍，鬻爵卖官，谗害忠良，动摇社稷根基，以致乱源遍布；黄巾三弟兄，挟雷掣电，鼓吹暴力，号召信徒起义，惜乎功败垂成。

刘备 字玄德 （二副）

（一）

性宽和，寡言语，喜怒不形于色；
目顾盼，及耳轮，思量姑信其真。

（二）

幼失怙，侍慈至孝，叔讶侄儿游戏语；
家清贫，织席为生，籍居涿县楼桑村。

曹操 字孟德　小名阿瞒

幼时好游猎，善歌舞，有权谋，多机变，症状中风原一诈；初始举孝廉，步仕途，任部尉，遏土豪，棍棒伺候置四门。

刘关张

大丈夫不为国家出力，何故长叹；
三豪杰每以黎庶扪心，自然留芳。

孙坚 字文台

气血方刚，奋力提刀杀海贼；
手身初试，先锋举义讨元凶。

张翼德怒鞭督邮 张飞字翼德

拉长驴脸，转动眼珠，伸手强行索贿；

倒竖虎须，折来柳把，挥鞭痛打贪官。

何进 字遂高

握重兵时诛阉竖，似鼓洪炉燎毛发，失策檄传藩镇；

仗国戚而麾禁军，如乘火箭上太空，无谋祸害身家。

陈琳 字孔璋——**何进**

洞察内情，陈琳二度建言献策；
窝囊废物，何进孤行摸黑撞墙。

赤兔马

日行千里，渡水登山，如履平川，腿肌圆柱样粗壮；
眼量丈长，咆哮嘶喊，似龙腾跃，毛色燃炭般火红。

吕布其人 吕布字奉先

执画戟，骑赤兔，有勇无谋，只身酣斗三豪杰；诛丁原，杀董卓，寡廉鲜耻，败局咎归一匹夫。

少帝被废

伍孚、丁管正统王朝卫道士；董卓、李儒图谋篡逆合伙人。

曹操谋刺董卓

除奸献宝刀，效荆轲高义，见微知著，此人定成大器；
防刺动歪术，装梦魇行凶，以假乱真，其像类似阳谋。

曹操——吕伯奢

防身误屠八口，上苍许宥罪行；
知错还杀一人，世道痛批谰言。

曹操——卫弘

欲除董卓，发矫诏，募义兵，大旗高举；
仰仗卫弘，虑安危，捐家产，全力支持。

会盟洛阳

十七镇诸侯响应，车尘滚滚，战马嘶鸣，军威雄壮；
二百里营寨连绵，旌旆飘飘，会盟歃血，情绪激昂。

袁绍 字本初——**孙坚**

袁绍名门后裔，祖仕四世三公爵位，众推盟主；
孙坚白手起家，自凭一身百练功夫，争任先锋。

虎牢关

立功者赏，何计贵贱乎，公兹暗赍牛酒犒劳三豪杰；
举手之劳，其意邃深也，众谓光照本真出彩一线天。

注：上联前两句为曹操语。

温酒斩华雄

夺旗斩将，如巨鳄戏水，唾星四溅，
相府华雄夸海口；
出帐提刀，似潜龙飞天，鼓角三通，
辕门关羽掷人头。

三英战吕布（二副）

（一）

旁边一将，圆睁环眼，倒竖虎须，跃马挺矛大叫，
三姓家奴休走；
各路诸侯，齐出营门，摆开阵势，摇旗擂鼓高呼，
九霄云外沸声。

（二）

丈八矛、偃月刀、双股剑，三英豪气冲牛斗；
赤兔马、方天戟、紫金冠，一骑雄风传古今。

曹洪 字子廉

『天下可无洪，不可无公』，子廉壮语耀星月；
人生须有勇，更须有义，孟德临危倚腹心。

董卓字仲颖——吕布暴行（二副）

（一）

卓奉驾迁都，铁骑捉拿朱户富商，得巨赀累万；
布挖陵掘寝，随从搜括奇珍异宝，受害者成千。

（二）

是岁灾荒，剥树皮，挖草根，百姓饥寒交迫；
连年战乱，征重役，赋苛税，国家基础动摇。

孙坚

士卒回营，是夕月明星耀，眼见皇宫焚毁，
瓦砾焦黄，乃按剑仰天长叹；
衣襟沾泪，当今战乱兵灾，心忧社稷安危，
黎民水火，其感伤烙印永留。

会盟散伙曹操慷慨陈词

——本初引河内之众，临孟津，近酸枣，诸将固守，制其险要；

——公路率南阳之军，据丹阳，入武关，三辅动惊，益作疑兵。

孙坚—袁绍—刘表

孙坚古井捞玉玺，先锋盟主起争执；
袁绍密书致同僚，邻郡友邦结世仇。

孙坚阵亡

坚出征，遭伏击阵亡，志在江山豁性命；
策接棒，率江东旧部，身先士卒立权威。

赵云初始

赵云字子龙

生得身长八尺，浓眉大眼，阔面重颐，威风凛凛，
一腔正气；
奈何波折几经，明主贤臣，良禽秀木，岁月悠悠，
四海飘零。

董卓暴行

是日，卓宴群僚，适北地降兵上十，或凿眼睛，或割舌头，以巨锅烹煮，百官惊恐失箸；其间，卓居郿坞，选民间美女成千，又修宫室，又囤谷物，任大肆挥霍，万恶步趋深渊。

王允 字子师——**貂蝉**

谍间父子反颜，唆布杀卓，其重扶社稷再立江山汝之力也；

承蒙大人抚养，厚情深恩，虽处境艰危横遭险恶妾亦甘哉。

貂蝉（二副）

（一）

替国家除害，脂粉竟超壮士剑；

为社稷求安，峨冠反逊石榴裙。

（二）

轻移莲步，分花拂柳而来，果似月宫仙子；

频送秋波，香颈酥胸背后，实如猎户屠刀。

董卓

自号『尚父』，僭天子仪仗，任意诛杀公卿，暴行穷凶，
雷公震怒，三劈尸身方解恨；
世称恶魔，属豺狼类型，随时毒荼百姓，良知泯灭，
脐眼燃油，一腔冷血受讥评。

王允—董承

王司徒为除董卓，一路巧施离间计，全赖侍女鼎力；
董国舅欲诛曹操，半途惨致灭门灾，只因家僮栽殃。

王允—贾诩 字文和

卓已诛，拒绝爪牙求赦造成急狗跳墙施祸害；
诩献策，召征部属复仇来个死鱼破网夺京畿。

蔡邕 字伯喈——马日磾——王允

蔡侍中旷世奇才，若使续成汉史，必享典籍经书之盛誉；

马太傅善言劝说，未能免去缢刑，剧加士林文友之悲伤。

王允—貂蝉

宣平门，王允跳楼殉国；连环计，貂蝉舞袖除奸。

马超初露锋芒

少年锐气李蒙王方送命；内应泄情马腾韩遂退兵。

典韦

执纛顶狂风，三军错愕；提头过闹市，一路哗然。

典韦——许褚 字仲康

典韦逐虎过涧，短戟投人人毙命，拜赠骏马雕鞍，铠盔锦袄；

许褚拉牛倒行，飞石掷敌敌丧身，荣任带刀侍卫，随镫保镖。

陶谦 字恭祖——**糜竺**

张闿不仁，曹嵩阖家遭劫难；
陶谦负屈，糜竺一计免屠城。

糜竺 字子仲

立德修身，路逢美女不邪视；
助人为乐，门对贫民常散资。

糜竺——孙乾 字公祐

孙乾为皇叔事业奔波肯吃苦；
糜竺任府君幕宾献策挽狂澜。

孔融 字文举

座上客常满，交友美谈传万古；
樽中酒不空，让梨佳话誉千秋。

太史慈 字子义 （二副）

（一）

亲非骨肉，情非乡闾，突围讨救兵，补报宏恩遵母命；
勇媲霸王，义媲管鲍，立竿候日影，准时践约赶回程。

（二）

大丈夫生于乱世，当提三尺剑创辉煌业绩；
好男子死在沙场，应写数卷书颂壮烈精神。

陶谦三让徐州（二副）

（一）

汉室倾颓，王纲颠覆，老夫衰朽，二子才疏，
不适接班交棒；
刘家苗裔，帝胄宗亲，正统顺承，万民仰望，
最宜领玺掌权。

好心办坏事，本想结交曹操岂料招来横祸；
厄运逢生机，荷蒙仗义刘备最终免去凶灾。

（二）

大战濮阳城

（二副）

陈宫谋划，诱曹操午夜领兵出击，四门火焰冲天起；
吕布劲追，赖典韦数番突火冒烟，一脸惊惶夺路归。

（一）

（二）

持戟击头盔，问曹操——何在？
以衣掩面目，答吕布——那边。

许褚

手掣两牛尾，飞身百步，力与恶来相伯仲；
刀斩双人头，击鼓三通，艺同樊哙比高低。

李傕、郭汜大交兵

软弱帝王，形同木偶，整日心惊胆战；

骄纵军阀，行若毒狼，随时雨覆云翻。

曹孟德移驾幸许都

天子蒙尘，及时首举义兵救驾，乃前瞻之胜算；

令官飞报，应诏先锋倍道面君，实助朕之重臣。

徐晃 字公明——**满宠** 字伯宁

徐晃两番救驾，冲锋陷阵；
伯宁一席说辞，弃暗投明。

张飞酗酒失徐州

得何足喜，失何足忧，胜负乃兵家常事；
月有时明，星有时淡，阴晴为天气特征。

注：上联前两句为刘备语。

刘备

利剑藏锋，相期势易；屈身守己，以待天时。

注：下联为刘备语。

贾诩

料定胜兵追退敌，不克；断言败卒击殿军，必赢。

周泰、蒋钦——潘璋、陈武

周泰蒋钦慕策威名，投其麾下，任职帐前校尉；

潘璋陈武蒙权重用，不次擢升，微躯报效吴侯。

第十五回

孙策

字伯符

（二副）

（一）

问鼎中原，决机两阵冒矢石；
争衡天下，坐镇三吴窥京畿。

（二）

一霎时挟于縻，喝樊能，小霸王施霹雳手；
只旬日邀公瑾，聘子布，中军帐聚股肱卿。

孙策巧遇周瑜

周瑜字公瑾

军旅征程：一风流倜傥，气质高雅，举止端庄之士，见策滚鞍施礼；

人生故事：两结拜金兰，灵犀相通，殊途邂逅之欢，同瑜信马由缰。

吕布辕门射戟

辕门射戟，别说武夫无妙着；
天命罢兵，讵知莽汉有高招。

于禁 字文则

干城坚垒，任谤任劳，顾全大局，治军颇类古名将；
变节负心，不忠不义，尽弃前功，谒庙莫看新画图。

刘备兵败小沛投曹操

荀彧进言：备投罗网，若宽从纵虎归山，必留祸患；

郭嘉直谏：公举义旗，赖诚信招贤纳士，莫悖初衷。

曹操——张绣

人生路上，叱咤风云，巧窃勋名、权、位；
军旅途中，贪婪声色，痛丧爱将、侄、儿。

李傕、郭汜——杨奉、韩暹

李傕、郭汜乱挥刀剑乱朝纲，乱臣贼子千夫切齿；
杨奉、韩暹混账东西混生活，混水浊流百姓遭殃。

李傕、郭汜——杨奉、韩暹结局

李傕、郭汜恶行多端，经由伍习、段煨诛杀；

杨奉、韩暹纵兵作乱，传令云长、翼德斩除。

曹操——王垕

居心捏造偷粮鼠，曹操阴谋得手；

释怨妄牵替罪羊，王垕厄运临头。

曹操

践麦踏田，法不加尊，权依典籍变通留头割发；
行军缺水，渴何以解，鞭指梅林喉咽玉液金津。

官渡之战前夕

官渡对垒，袁本初未战先输，智囊十点论；
乌巢囤粮，曹孟德出奇制胜，偷袭一支兵。

夏侯惇 字元让

突兀睛吞肚内，父精母血育成，不可弃也，
猛士神威真壮烈；
猝然枪捌面门，目瞪口呆瞬息，岂能防哉，
亡魂冤屈足伤心。

刘安——夏侯惇

粉丝杀妻待客，无人相信；
猛将拔箭啖睛，有史写真。

吕布嫁女

嫁女儿绵帛绕缠负背上，荒唐透顶；
对妆镜神形憔悴连胸间，酒色伤身。

陈宫字公台——吕布（二副）

（一）

陈宫仗义执言，引颈受刑，深具士大夫气节；
吕布贪生怕死，低眉求赦，实为懦弱者哀吟。

（二）

陈宫谋略超常，逆因栖恋迷枯树；
吕布武功盖世，反向缘由草莽身。

曹操——陈宫

操忘昔日救恩，竟举屠刀泄愤；
宫具大夫气节，永留铁骨铮声。

陈宫回应曹操

施仁政于国家，当尊祖祀；
以孝行治天下，不害人亲。

陈宫——曹操

宫迳下楼，大步疾行，从容伸颈受刑，众皆垂泪；

操生恻隐，高声喊话，家眷送京赡养，违者严惩。

许田围猎（二副）

（一）

古之帝王：春蒐夏苗，秋狝冬狩，四季出郊扬威耀武；

今之黎庶：兵灾战乱，颠沛流离，一心指望天下太平。

（二）

许田围猎，激怒云长，一人速递灵犀，唯恐投鼠忌器；

后院种瓜，巧蒙孟德，俩弟终知奥秘，原为养晦韬光。

董国舅内阁受诏

血书衣带诏，隔墙有耳酿人祸；

青史姓名标，画押甘心祭国殇。

青梅煮酒论英雄

夫英雄者，胸怀大志，腹蕴良谋，具包藏宇宙吞天吐地之气概；盖豪杰乎，思接千秋，神驰八表，富洞察玄机度势审时之才能。

说龙

大则兴云吐雾，隐之潜伏于波涛之内；
小之匿介藏形，升则飞腾于宇宙之间。

闻雷

闻言落匙筋，以雷掩饰；
拾芥藏壮志，取水灌园。

刘备伐袁术

讨伐袁公路，绝绊雄鹰急振翅；
忽悠许仲康，脱缰野马岂回头。

袁术 字公路

手持玉玺，冢中枯骨难称帝；
兵败江亭，榻上僵尸怎谥王。

关公赚城斩车胄

云长剪除车胄，赖元龙通风报信；
玄德求助本初，有公祐领命成行。

注：孙乾字公祐。

郑玄 字康成（三副）

（一）

帐罗歌女，三年授课不邪视；
位列尚书，一代大儒终隐归。

（二）刘备—袁绍—郑玄

别彷徨，陈登计献刘皇叔；
凭誉望，袁绍玉成郑尚书。

（三）郑玄奴婢亦风雅

『胡为乎泥中』，有婢以诗问；
『逢彼之怒上』，跪奴接句吟。

陈琳讨曹檄文（三副）

（一）

孔璋刀笔，檄文远胜千军万马；
孟德罪状，诉说包罗远祖近亲。

（二）

三军号角铺笺立就；
千字檄文挥笔顿成。

（三）

檄文治头风，未饮药汤能表汗；

刀斧加颈项，幸怜文墨得全生。

祢衡 字正平

身裸无丝，借鼓声尽吐胸间块垒；

目空有据，扬口水见讥相府公卿。

祢衡——吉平

狂士狂言离谱，淋漓尽致，荒腔走板；
名医名满同行，远近各方，万代千秋。

祢衡——张绣

孔融错荐，祢衡戏谑讽讥众显贵；
贾诩好谋，张绣卑躬屈膝老冤家。

吉平 字称平

剁手指，割舌头，吉太医受刑至极；忠朝廷，护王道，坚贞士视死如归。

田丰 字元皓

操东征，乘虚突袭京都，此乃极佳机会；绍脑病，胡扯神形恍惚，缘由幼子疥疮。

田丰—沮授

坐失战机，田丰以杖击地；
疏丢粮囤，沮授含冤悲天。

关羽斩颜良

侮言瓦犬土鸡，关羽视若无物；
蔑语插标卖首，颜良情何以堪。

颜良—文丑

颜良冤重，三魂七魄记仇赤兔马；
文丑恨深，万语千言归罪青龙刀。

关羽 字云长 （三副）

（一）

深明礼义，秉烛达旦立户外；
熟读春秋，挂印封金悬堂中。

（二）关羽——刘备书札

听羊角哀、左伯桃故事，尝三叹而涕泗；
观刘玄德、关云长鸿书，窥一斑知豹身。

（三）

人生天地间，无终始者，非君子也；
士处艰危境，有视听乎，真铿音耶。

注：上联为关羽语。

美髯公千里走单骑（二副）

（一）

挂印封金，过关斩将，千里单骑寻兄长，孟德胸中，汉寿亭侯真正人间义士；
秉烛达旦，危坐正襟，三更绰髯读史书，胡班眼里，解良豪杰莫非世外天神。

（二）

赴千里走单骑，过五关斩六将，古今罕见；重金兰如泰岱，视富贵若浮云，海宇同钦。

过五关斩六将（四副）

（一）东岭关—洛阳

云长约退车仗，跨鞍提刀，手起处，孔秀尸横马下；韩福闪藏门旁，乘隙放箭，臂伤时，云长凛展威风。

（二）汜水关斩卞喜

云长遇故知，镇国寺中谒方丈；
卞喜空谋划，汜水关内见阎罗。

（三）荥阳太守王植

王植心肠狠毒，密唤随从三更燃火把；
胡班生性善良，急催来客一干出城门。

（四）黄河渡口斩蔡琪

地临界首，蔡琪守隘引军拦路；
人到岸边，关羽闯关率众渡河。

斩蔡阳

舅起追兵，狂言誓雪外甥恨；
兄迎敌将，决战顿消贤弟疑。

古城会（二副）

（一）

逐县官，夺衙印，积草囤粮，招兵买马，
此时三弟境优两兄长；
经凶险，历艰辛，出生入死，盼月望星，
随后八方祥纳一古城。

（二）

历经离散，聚会君臣滂涕泪；
重整山河，弹丸城邑舞刀枪。

孙策（五副）

（一）

求封大司马未遂，心存愤恨，挥剑斩奸佞；
当户三家丁复仇，箭射面门，重伤难治疗。

注：奸佞指许贡。

（二）

吴门规矩，不许盲从信教；
孙氏地盘，岂容挑战权威。

（三）

虎子焉甘徒守困；狮儿不可与争锋。

注：下联为曹操语。

（四）集句

威镇三江，运筹如虎踞；名闻四海，决策似鹰扬。

（五）

小霸王钳制民间信仰，难分对错；
老道士结交天上神明，谁辨伪真。

鲁肃 字子敬 （二副）

（一）

料汉室不可复兴，曹操横行，审时鼎足观天下；
知江东定能立业，孙权雄视，度势枢机蕴腹中。

（二）

幼年丧父，事亲至孝，尝散私财济贫穷，
未出林泉一方高士；
宵旰劳心，为国尽忠，岂图公利谋富裕，
终其信守当代大贤。

孙权

字仲谋

生得方颐大口，碧眼紫髯，形貌奇伟，
骨格非常，乃大贵之品相；
缘由交棒接班，称孤道寡，君臣和谐，
政权稳定，疑上苍之安排。

袁绍——田丰、沮授

因儿生疥疮，拒计袭许昌，献策田丰遭冷遇；
由怒动刀戟，挥师战官渡，谏言沮授获非刑。

袁曹官渡之战前期（三副）

（一）

筑山挑土，掷石造抛车，犬牙交叉，未分胜负；
纵向挖壕，绕营掘地道，锯式攻防，空费钱粮。

（二）

淳于琼绰号酒袋，谴守乌巢粮库，大疏大误；
许子远别名智囊，被污奸细恶名，离德离心。

（三）

伪装完事，人衔枚，马口勒，是夜满天星斗；
奇袭奏功，兵杀散，粮囤烧，斯时遍地火光。

曹操——袁绍

操书谋士，征战如何速决；

绍信谗言，阵前不乏倒戈。

沮授

沦落死因还盗马；谋归故主贯初衷。

河北名士何其多

闪烁群星聚燕赵；光华璀璨耀春秋。

许攸字子远——**审配**字正南

许攸献计，官渡弱师赢劲旅；
审配临刑，漳河碧水映青松。

袁绍——**曹操**

绍弃丢密件图书文札，急忙逃窜；
操起截暗通仇敌罪赃，即令焚烧。

袁绍——田丰

绍鹤唳风声，为遮眼前丑陋，竟诛忠实部属；丰神闲气定，得知首级挪移，何必麻烦牢头。

袁绍（三副）

（一）

计中十面埋伏，仓亭之战心寒胆裂，袁绍行将就木；眼下一家闹翻，废立之争剑拔弩张，曹操坐享其成。

（二）

少年得祖荫，颇具擎天驾海英雄气；
长岁露真容，堪怜纸虎病猫形态身。

（三）

累世公卿，讵知羊质虎皮三儿子；
历年表现，坐实凤毛鸡胆一语评。

刘备—曹操

刘备驻军汝南，招兵买马，企图袭击相府；
曹操征战河北，闻讯回师，列阵交锋穰山。

玄德荆州依刘表

鼎力主公，汝南守将甘卖命；
玉成差使，刺史出城迎宗亲。

注：（一）汝南守将：刘辟、龚都。（二）差使：孙乾。（三）刺史：刘表。

袁绍（二副）

（一）

袁门账本：连年轻启兵戎，滥杀谋臣贤士，百姓苛徭重赋；
幕府驾崩：引爆接班家丑，竟相夺利争权，山河烽火硝烟。

（二）

干大事如心盲，见小利反忘义，必然失败；待名流似草芥，对真知却背离，怎会成功。

许攸—许褚

子远太轻狂，祸从口出；仲康更越位，威自权来。

曹丕字子桓——甄氏

出生时紫气盈门，终日萦缭，长成博古通今，文武兼修，僭号魏帝；

乍见到红光罩体，垂髫柔润，拭后玉肌花貌，风姿卓绝，美誉洛神。

郭嘉 字奉孝 （三副）

（一）

挥师奔袭乌桓，宜轻骑兼道攻其不备；
出战擒拿蹋顿，果索骥按图得以全功。

（二）

二袁战败穷途奔辽东，动萌鸠夺鹊巢馊主意；
一纸生前遗嘱驱寒冷，建议兵留原地候佳音。

计收辽东，含悲忍痛赞神算；
兵溃赤壁，跺足捶胸忆智囊。

（三）

袁谭、袁熙、袁尚——曹爽、曹训、曹羲

争名夺利，结果拼光老本，白搭身家性命；
坐井观天，慵疏防患未然，难逃毁灭下场。

甘夫人临盘

适临盘，异香满室，鹤叫新野县衙屋；时怀孕，记忆铭心，梦吞银河北斗星。

刘备——刘表

髀生赘肉，而岁月蹉跎，空怀王霸抱负，宁无忧戚；酒煮青梅，其纵横议论，荣戴英雄光环，唯有曹刘。

伊藉 字机伯——**刘备**

惺惺相惜，伊藉两番救玄德；
岌岌可危，的卢一跃过檀溪。

刘备跃马过檀溪（二副）

（一）

匹马奔逃，神思慌乱觅生路；
一溪横亘，意识朦胧出水天。

（二）

困穷时节，哀声遍地，人随皇叔渡大江，
已为鼎立张民本；
生死关头，洪福齐天，马跃檀溪脱险境，
似有神明助使君。

蔡瑁计害刘备

筵无好筵，会无好会，不如不去，口音质朴无雕饰；
语有快语，人有快人，三弟三言，事实证明有感知。

注：上联十二字为张飞语

水镜先生庄上

水镜山庄，琴声高亢卜知门外来稀客；
牧归童子，笛韵悠扬盛放心花听雅音。

司马徽庄上与诸葛亮隆中即景

堂内满堆简书，窗前盛植幽篁，瑶琴轻抚，牧笛横吹，名士山庄飘逸气；

隆中遍布秀木，丘外闲游群鹤，孔雀开屏，金猴跳跃，隐沦驴背咏梅花。

徐庶——刘备

行歌闹市，无异今时求职员工申履历；
侧耳细听，等同高管查看资料获详情。

徐庶 字元直

牛刀初试，取樊城如取囊中物；
母命难违，辞皇叔似辞心里灯。

徐母

因恨曹氏篡权，孝子顿成逆子；
为忠刘家正统，老身瞬息殒身。

徐庶谦比诸葛亮（集句）

以某类比，驽马匹麒麟，寒鸦配鸾凤；
借史相喻，兴周之吕望，旺汉者张良。

走马荐诸葛

临别举贤，将成颠沛生涯止步点；
片言惊梦，那是帝王事业里程碑。

徐母——程昱 字仲德

掷投石砚，胜似图穷见匕首；
仿效家书，巧行骗局违人伦。

注：徐母，指徐庶母亲。

卧龙冈景色（集句）（二副）

（一）

苍猿献果，一带高冈枕碧水；
老鹤听经，七星宝剑挂中堂。

（二）

山如玉簇，篁竹揖姿迎访客；
林似银妆，腊梅花色映书房。

诸葛亮草堂

青灯一盏，抱膝精研周祚八百载；
竹简数堆，拥炉熟读兵书十三篇。

颍川之地多贤士

昔日殷馗道术观星象；
今时颍水岸边聚隐沦。

隆中隐士放歌

荒村米酒陈年香，气味浓，折倾权贵；
茅店隐沦风骨健，歌词美，放浪形骸。

孔明行踪

杖量山岭，洞府烟村，访友谈经论道；
舟泛江湖，池滨水榭，弈棋息养休闲。

诸葛亮 字孔明 （二副）

（一）

人高八尺，面如冠玉，头戴纶巾，身披鹤氅，飘飘然似神仙之气度；
士遁一方，志待天时，躬耕陇亩，寄傲琴书，朗朗兮若金石之清声。

（二）

识地理，知天时，深谙文韬武略，初出茅庐，

皇叔喜称鱼得水；

佐先王，辅后主，倾力治国安邦，终因劳瘁，

帝师悲逝日无光。

三顾茅庐（二副）

（一）

朔风凛凛，汗气腾腾，越岭翻山情意切；
瑞雪飘飘，蹄声得得，晋贤谒士礼仪高。

（二）

泪染双襟，玄德披肝沥胆开金锁；
恩酬三顾，孔明合掌抱拳辞众亲。

隆中对

隆中响彻君臣对；空谷妙传天籁音。

凑句

补缀乾坤，斡旋天地；讴歌岁月，赞美江山。

注：上联摘自三十七回刘备与崔州平对话。

隆中小景

携酒骑驴尝雪景；冲寒冒冷咏梅花。

隆中对主线

适时王化南蛮，睦和西羌，挥剑率荆襄劲旅，图宛洛；

强势内修政治，外结邦交，举鞭麾巴蜀雄师，出秦川。

刘备—孔明

希展子房鸿略，冀施吕望大才，三顾草庐，玄德情殷意切；

北防曹魏犯边，东遏孙吴滋事，一盘棋局，孔明谋定后成。

诸葛亮出山——司马懿登场

司马懿字仲达

英才盖世，难分伯仲，虎帐谈兵，柳营试马，
国家倚为梁柱；
智力穷天，各事君王，仕途操守，史笔鲜明，
道德划出鸿沟。

孙翊妻徐氏 孙翊字叔弼

从容应对，避实就虚，密召心腹雪夫恨；
沐浴熏香，浓妆艳抹，暗藏软刀屠色狼。

甘宁 字兴霸

腰挂铜铃慑敌，黄祖眼中锦帆贼；
浪游侠士竭忠，孙权麾下猛将军。

刘表

地据荆襄，属汉廷宗族，后昆继位，接班废立生乱象；
时称彦俊，受皇室敕封，外戚揽权，基础动摇总坍台。

刘琦——刘备

琦诉继母不容，思无对策，哀声求叔父；
备教侄儿自立，路在何方，恳切问军师。

刘琦—孔明

登楼抽梯，密语低声一斗室，军师尽义；
借史相喻，申生重耳两前途，公子开颜。

博望坡（二副）

（一）

生擒刘备，活捉孔明，马蹂新野县；
烟呛于禁，火烧李典，鼠窜博望坡。

（二）

初露锋芒，诸葛亮排兵布阵；
逃离火海，夏侯惇烂额焦头。

孔融被杀、刘表亡故

孔北海直言进谏，惨遭灾祸；
刘荆州重病托孤，竟受阻拦。

王粲 字仲宣

碑文过目，背诵严丝合缝；
棋局旁观，复盘粒子未差。

曹仁兵败新野

许褚三千铁甲军，时值气扬势壮人强悍；
曹仁十万大部队，正临火炙水淹马趴窝。

刘玄德携民渡江（二副）

（一）

陶谦、刘表几番让位，竟婉推恭却，

真的审时度势？

新野、汉津一路仓皇，仍扶老携幼，

践行亲本爱民。

（二）

弃樊城，奔襄阳，刘备扶老携幼急登岸；
骂蔡瑁，战文聘，魏延独力孤身难撑持。

刘表——刘琮（二副）

（一）

老爹断气，一生事业轰然倒地；
小子接班，数日时间顿化轻烟。

（三）

子嗣拒纳王威铤而走险路；
荆襄遍传刘琮惨致灭门灾。

赵云救小主

（二副）

（一）

解开勒甲绦，放下护心镜，怀抱阿斗；
掩盖老枯井，掀翻夯土墙，泪洒夫人。

（二）

抚慰忠臣，襁褓娇儿随手掷；
植根脑海，厚恩明主比天高。

糜夫人

全骨肉，舍身投枯井；重名声，殉节赴黄泉。

赵云

世上真豪杰；人间大丈夫。

长坂坡（二副）

（一）

百万军中取上将首级如探囊取物；
三声吼后退隔桥重兵似逝水断流。

（二）

一吼退重兵，奔逃战将丢盔甲；
单骑救小主，飞溅血花染战袍。

诸葛亮舌战群儒

舌战群儒：说得子布无言，虞翻结舌，薛综缄口，步骘含羞，曼才丧气，陆绩低头，程秉吹须还瞪眼；语激众将：赢取周瑜联袂，鲁肃骈肩，程普助威，吕蒙奋力，黄盖舍身，阚泽卖命，甘宁跃马又挥戈。

辩张昭

字子布　（二副）

（一）

鹏飞万里，燕雀安知鸿鹄志；
人染沉疴，粥羹可代神仙方。

（二）

精神萎靡，形体尪羸，先煲药汤强气力；
衣袖撸高，掌巴紧攥，瞅准机会抡拳头。

辩虞翻

吾主前瞻，率先抗击强梁兼并；
吴侯犹豫，期待回归理性思维。

辩薛综 字敬文

曹丞相统兵百万皆草台乌合之众何足惧；
刘豫州率部数千起定海神针之功别轻看。

辩陆绩

（二副）

（一）

曹丞相心怀篡逆沉沦禽兽；
刘豫州力护纲常光耀祖宗。

（二）

备家境清贫，编席贩屦何羞何愧；
操庙堂高踞，罔上欺君可杀可诛。

辩步骘 字子山

不效先贤成辩士，惟忧吴士入曹门。

辩严畯

治经崇典，士林翘楚；摘句寻章，笔底侏儒。

辩程德枢

君子之儒，以礼义为尊，辟邪守正，襟怀纳海宇；小人之儒，唯青春作赋，皓首穷经，名利缠心胸。

管仲—乐毅

相桓公，霸诸侯，一匡天下；
扶燕国，克齐地，王呼亚卿。

苏秦、张仪—伯夷、叔齐

苏秦张仪，合纵连横，古时辩士；
伯夷叔齐，抱节守志，旷世名贤。

主和与主战

文官缺血性，怯闻狼嗥虎啸；
武将磨钢刀，敢敲蟒齿鳄牙。

无题

拂九霄云翳，享日月光辉，元元和美；
盼四季花香，期粮棉丰足，岁岁安宁。

赤壁之战前夕（二副）

（一）

舟骑并进，水陆双行，妄图一举踏平吴楚地；
日月同辉，江山共有，岂许独夫高唱霸王歌。

（二）

雄兵百万，士气高昂，剑麾江夏擒刘备；
饶舌双方，口风凛冽，众聚柴桑诘孔明。

孔明智激周瑜（二副）

（一）

江东历经三世，兵精粮足，正应担当为社稷正名，国家除害；

吴楚横亘长江，虎踞龙蟠，紧抓机会让军旗招展，战马上鞍。

有一计不劳担酒牵羊，纳疆献城，操兵卸甲卷旗自退；无二人何异太仓粒粟，深林片叶，吴主舒心酣睡可安。

（三）

曹操——孙权

孟德陈兵隔岸犯四忌，虽多必败；
仲谋御敌决心熟三思，转弱为强。

从《铜雀台赋》集句

瞰云彩之动浮，俯皇都之宏丽；

望果园之鲜绿，观漳水之碧清。

孙权升堂

衣冠楚楚，张昭、顾雍、步骘、虞翻，分班而立；

刀剑铿铿，程普、黄盖、韩当、周泰，依次入场。

刘备应邀赴柴桑

云长按剑，翼德横矛，为刘备护航保驾；
虎口安营，狼窝扎寨，看孔明举重若轻。

蔡瑁、张允——于禁、毛玠

蒋干实成催命判官，蔡瑁、张允枭首；
曹操再选水军都督，于禁、毛玠履新。

周瑜欲谋害孔明

公瑾妒贤才，谋害实施暗地里；
孔明怀方略，联盟激活破天荒。

三江口

（历史老人）

接岷、峨，聚百汇，不改初心奔瀚海；
控吴、楚，带三江，忍看水面起烽烟。

大雾垂江赋

赤壁怀古词，凭吊千秋英杰；
大雾垂江赋，慨言一水沧桑。

草船借箭

大雾迷江，击鼓助威，曹寨狂发连珠箭；
小船停橹，举杯笑饮，草人骤叮带铁蝗。

黄盖 字公覆——**阚泽** 字德润 （三副）

（一）

皮开肉绽，为建奇功受脊杖；
神定气闲，不辞凶险呈降书。

（二）

咬牙忍痛，鲜血迸流，像样几番昏厥；
玄机深奥；
夺主喧宾，仰天大笑，装腔数落平庸，效果特奇。

（三）

苦肉计，诈降破敌急先锋，三世老臣出生入死；

冷不防，箭射肩窝险夺命，一医兼治棒患金疮。

周瑜—孔明（二副）

（一）

超强组合，激活灵犀智慧，两掌皆藏火；

特异功能，遂行遁甲奇门，一人借东风；

（二）

公瑾喜奏长河曲，孔明爱吟梁父词。

从《大雾垂江赋》集句

南控三吴，汇百川而入海；北带九河，历万古以扬波。

庞统字士元——**徐庶**

大礼包，统献连环计；暖心语，庶铭故旧情。

群英会——蒋干（二副）

（一）

蠢材遇高手，蔡都督无端丧命；
美意帮倒忙，曹丞相有口难言。

（二）

闻弦歌而知雅意，巧借强弓射猛虎；
斟美酒且发狂吟，暗投香饵钓长鲸。

庞统住处遇蒋干（二副）

（一）

满天星斗，数椽草屋临江建；

深夜灯光，一卷《易经》伴枕眠。

（二）

挂剑灯前，读孙吴兵法；

抚琴室内，抒家国情怀。

曹操（三副）

（一）

此时朗月繁星，映照帅旗，东视柴桑，西观夏口，

天宇苍茫空阔，心中欢喜；

以往起兵举义，匡扶汉室，剪除凶恶，剿灭仇雠，

地球玩转挪移，掌上功夫。

（二）宴长江曹操赋诗

举杯邀月，横槊赋诗，自诩周公曾吐哺；
对酒当歌，晕头昏脑，放言天下将归心。

（三）

风骤火急，败军北撤，随身一行，有路难突；
月明星稀，乌鹊南飞，绕树三匝，无枝可依。

注：上联专为第四十八回曹操对酒当歌诗其中四句配对。

锁战船北军用武

爱逞能焦触，张南踹脚江心丢性命；
迎挑战韩当，周泰飞身船首展神威。

借东风

水融人血，水浮人尸，北地甲兵不谙水；
风趁火威，风助火焰，南天高士能借风。

孔明借东风后不辞而别

扬帆岸泊点擒拿，徐盛来晚；
率众南屏山诛杀，丁奉扑空。

周瑜——陆逊字伯言

赤壁、猇亭两把火，烧出吴天楚地；
周瑜、陆逊双奇才，气吞六合八荒。

周瑜

握虎符，持令箭，超群绝伦，风助火威，
百万曹兵魂飞赤壁；
既降亮，何生瑜，问天呼地，气伤心力，
一流英杰命殁黄泉。

孙权 字仲谋

继父兄基业，占江东地利，赤壁鏖兵，不向对头示弱；

承部属忠诚，得气候天时，猇亭烈火，敢和敌手争强。

华容道（三副）

（一）

傲上而不欺下，抑强而不凌弱，恩怨分明，信义昭著；

故交焉能忘怀，载德焉能违初，心思已定，卒兵撤开。

（二）

东风夺命，兵败穷途临绝境；
狭路还情，网开阵角允逃生。

（三）

华容道，落魄曹操露囧脸；
白帝城，沮丧刘备托遗孤。

赤壁鏖兵

其间马困人饥，烂额焦头者策杖，中箭着枪者带爬，甲衣湿透，旗幡残缺；是役时移势易，骄纵强悍者崩盘，同仇敌忾者弹底，鼎足初形，故事展开。

曹仁字子孝——**周瑜**

锦囊藏玄机，周都督瓮城中毒箭；

立马还颜色，曹将军劫寨陷重围。

马良字季常——**赵云**——**赵范**

马氏五常，白眉最良，献策出谋取四郡；

同宗双赵，剧本原创，传神妙笔乐千家。

赵云辞却刘备做媒

人生何患无妻子，唯恐声名不立；
尘世历来重家庭，应该风雨相牵。

关羽——黄忠字汉升

战马失蹄，关羽刀留对手；
盔缨中箭，黄忠善报仁心。

鲁肃——孙权

愿明公威德加于四海九州，克成帝业；正高士机缘展示文韬武略，鼎力吴侯。

张纮字子纲**——孙权**

壮怀王霸志，练兵备战动员将士效贲育；勤读圣贤书，消化吸收开阔心胸学舜尧。

刘玄—黄忠—魏延 字文长

刘太守残暴不仁轻杀戮；魏文长狠凶还治救忠良。

张辽 字文远

回寨胜兵寝带甲；临危镇乱令随威。

刘备、孙权问天买卦（二副）

（一）

驻马坡，揽辔扬鞭双得意；剁剑石，飞星溅火两分离。

（二）

问天买卦，王霸业成岩两半，剑利力猛；
依样画瓢，荆襄攫取石开花，电光火星。

甘露寺（三副）

（一）

牵羊担酒戴红花，喜洋洋曲传街市；
佛寺回廊藏黑影，明晃晃刀待号音。

（二）

江风浩荡，水天辽阔，甘露寺前尝胜景；
国太称心，乔老点头，百花园里开牡丹。

（三）

征战频挥双股剑，主公胆壮；
洞房初遇粉妆兵，娇客心寒。

孙权—刘备

锦囊藏妙计，哑巴吃黄连，仲谋难解愁肠结；
花烛定终身，玉盏盛美酒，玄德沉醉安乐乡。

二乔

家育两娇娜，一介平民尊国老；
世称并蒂花，双方配偶奠邦基。

刘备

玩物安可丧志，恨石为证，江山美女两无误，
孔明妙着；
弄虚居然变真，子衡做媒，国太乔翁双有功，
公瑾昏招。

注：恨石指剁剑石；吕范，字子衡。

孙尚香

（二副）

（一）

差遣六员战将捉拿，飞马佩持宝剑；
恭聆一介女流呵斥，表情特别窝囊。

（二）

数番传令，快马加鞭，追兵逼近刘郎浦；
连日奔驰，疲佚困卒，退敌全亏孙尚香。

大宴铜雀台（三副）

（一）

濮阳仇，宛城恨，赤壁耻，华容羞，须割潼关，牙折斜谷，史称汉贼，人骂奸雄，几次险丢性命；

黄巾剿，董卓除，袁绍歼，吕布灭，计亡公路，谋定景升，马踏辽东，剑麾塞北，一心主宰乾坤。

（二）

左玉龙，柳枝挂锦袍，武将弯弓瞄箭靶；
右金凤，砚墨滋椽笔，文官颂德进辞章。

（三）

抒慷慨，兵甲起家，孝廉易佩三军印；
露襟怀，人心掣肘，宰相难登一步天。

周瑜—孔明

效『假途灭虢』夺荆州，难瞒高士；
装动众兴师取巴蜀，虚晃一枪。

庞统（三副）

（一）

髯短鼻掀，形容古怪，高明视作电光，愚昧看成萤火；
天文地理，玄奥精通，谋略比肩管仲，枢机何逊孙吴。

（二）

沧海斗难量，举世大贤遭藐视；
英才深莫测，随批积案仅须臾。

（三）

连环锁战舰，火力倍增，贤人计授临江寨；
劣马易『的卢』，靶心放大，高士身亡落凤坡。

苗泽致马腾遇害

马失前蹄，马腾、马铁、马休遭杀戮；
苗因大旱，苗泽、苗芽、苗圃皆凋零。

注：苗泽害了马腾父子三人，他自己一家也被处死。

马腾 字寿成——**韩遂** 字文约

受衣带诏余波，进京不慎身先死；
中反间计圈套，断臂只缘内失和。

柴桑口卧龙吊丧

天亡对手寸肠断，人失知音珠泪潸。

马超

丹朱唇，朗星目，勇惊双杰，力敌万人；
朝廷五虎将；
望族裔，名爵苗，威震潼关，声扬渭水；
当户一龙驹。

注：双杰指张飞、许褚。

曹操——许褚

兵叩潼关，弃袍割髯，环生险象；
腿夹舵把，争魂夺命，一将奋威。

韩遂——马超

韩遂为何残疾，间书危害重；
马超因此操戈，谍语陷坑深。

曹操——丁斐——子伯

渭南县令名丁斐，急中生智，驱牛施救，
破格升官原履道；
梦梅居士字子伯，真个隐沦，鹤骨松姿，
建言筑寨速乘时。

许褚—马超（二副）

（一）

褚裸身突筋，圆睁怪眼，目光神射，提刀勒马；
超虎体猿臂，彪腹狼腰，兽带狮盔，缆辔绰枪。

（二）

奋力拼命，卸甲裸衣，马超眼里劲敌；
忘死舍生，执鞭随蹬，孟德身旁金刚。

马超—曹操—夏侯渊 字妙才

操沉思良久，掷兜鍪曰，马儿走脱，孤无葬身之地；渊放胆直言，挥宝剑时，牛气冲霄，吾有擒贼之能。

曹操回答诸将

偏远边陲，群贼据窠难剿灭；亮灯黑夜，飞蛾投火易全功。

曹操——汉献帝 字伯和

孤赞拜不名，入座不趋，剑履上殿，受诏立威天下；朕侏儒无异，六神无主，悚惊临朝，忍声苟活世间。

曹操——刘备

操以急、暴、谲，践行做人理念；备以宽、仁、忠，崇奉处世信条。

杨修——张松对话

武学伏波艺，文荐相如赋。医瞻仲景术，卜有君平隐。
三教九流，攘熙盈耳；
境依夔峡屏，地连剑阁雄。市奏管弦音，岁无旱涝忧。
稻香土沃，物产富饶。

张松献图

张松字永年

备闻蜀道崎岖，车无轨迹，马难联辔，虽欲取之，用何良策；

松展行囊图本，路已拓宽，途有里程，勿言别的，下定决心。

法正与刘备对话 法正字孝直

鹪鹩尚认一枝，狡兔犹藏三窟；
神骏嘶朝伯乐，骊驹奔向方皋。

曹操—张松 （二副）

（一）

孟德著书，似有山寨克隆之诟病；
张松背诵，却无瓜田李下之嫌疑。

（二）

锦袍斑斓，盔甲鲜明。戈矛耀日，金鼓喧天。人马整齐，
旌旗扬彩。操问：这般气象可曾见？
濮阳吕布，宛城张绣。赤壁周郎，华容关羽。潼关孟起，
斜谷魏延。松答：往日传闻非谣言。

王累——黄权 字公衡

倒挂城门执谏章，送命一条，王累守川真志士；

叩衔袍服流鲜血，堕牙两只，黄权护主实诤臣。

庞统力劝刘备取川

执拘常理，寸步难行，宜从权变；

认准目标，一抓到底，切勿动摇。

庞统——魏延——刘备

魏延登堂舞剑，欲效当年鸿门宴；

玄德喝令收刀，止燃是日炸药包。

吕蒙字子明——**张纮**字子纲——**孙权**

浅滩难设防，吕将军议筑濡须坞；

广厦择基地，张长史劝迁建业城。

赵云截江夺阿斗（二副）

（一）

子龙孤掌难鸣，夺回阿斗，安得移舟傍岸；
翼德高声大叫，留下侄儿，原来巡哨沿江。

（二）

驭大船，周善图谋成泡影；
夺小主，赵云忠勇贯长虹。

曹操—孙权

正值伏几而寐，忽闻潮声汹涌，若千骑急跑疾奔，
海涯间，遥望如轮红日，光芒喷射；
适时午梦初回，急唤随侍跟从，有一人金盔银甲，
江岸上，紧收似带马缰，气宇轩昂。

董昭字公仁、**荀彧**字文若——**曹操**

登相位，加九锡，董长史溜须拍马；
效周公，别三心，荀侍中持节进言。

荀攸字公达、**荀彧**——**曹洪**、**曹仁**

海内名流，事汉非事魏，犯颜进谏明志向；
帐前武将，襄亲亦襄奸，恪职尽忠企封侯。

张松——杨修 字德祖

人高不满五尺，入心能诵，声若铜钟，
卖主求荣惨遭送命；
学博远超三公，出口成章，恩如桴鼓，
恃才放旷悲致丧身。

取涪城、夺雒县

杨怀高沛行刑，夺取涪城，兵不血刃；
魏延黄忠劫寨，争功雒县，名留榜单。

斩冷苞

魏延二次生擒蜀将，押冷苞枭首；
彭羕一言敲响警钟，防涪水决堤。

庞统——张任

庞统涅槃，落凤坡前凤浴火；
张任全节，金雁桥畔雁留声。

张翼德义释严颜

义释严颜，招降纳叛，一路望风归顺；
功成翼德，接隘收关，三军纵马放蹄。

刘备遇险

幸好张飞义释严颜飞快马；
除袪刘备惨遭张任横屠刀。

张任

秋雁悲鸣，涪水桥头怜铁骨；
西风哀号，雒城郊外祭忠魂。

韦康——杨阜——马超

韦刺史献城归降，合家良贱惨遭杀戮，过于残忍；杨参军苦水难咽，全力动员冒死复仇，只得奔逃。

刘璋字季玉——**张鲁**字公祺

雒城失守，绵竹垂危，遣使求张鲁，许割甘州相交换；杨松赞成，阎圃反对，应声有马超，愿提一旅助近邻。

郑度—刘璋

雒城陷落，郑度进言：深沟高垒，坚壁清野，百日后，敌兵自退，孔明闻之惊惧；绵竹垂危，刘璋下令：寸土尺疆，布岗设防，一书呆，墨守成规，法正觑之莞尔。

张飞——马超

安排火把，挑灯夜战，翼德情刚性烈；
抖擞精神，换骑绰枪，马超好胜争强。

李恢——马超

德昂轻摇三寸舌，猛击对方要害；
孟起立罢全装兵，顺应形势归降。

刘璋

一山容二虎，思维违背潜规则；
御盗去开门，稳定变成伪命题。

刘备自领益州牧

璋暗弱，众叛亲离难守旧，携妻儿良贱，黜居外郡；
备刚强，南征北战终成名，会文武属僚，就位升堂。

赵云—法正 字孝直 **—孔明**

巴蜀屡遭刀兵，农耕荒芜，于今颁令归还，使其安居乐业，放牧种粮，民心始悦；刘璋滥赐恩宠，刑法松弛，当下纠偏扶正，务必施惠知荣，违章受罚，政体乃和。

谯周 字允南（二副）

（一）

读易、研易，以易观天下；进言、谏言，其言足内涵。

（二）

时代兴亡传感器；江山荣辱预言人。

汉献帝—伏完

空存侥幸，孺子未长记性；不鉴前车，愚忠招致抄家。

关羽单刀赴会（三副）

（一）

吾曾于枪林矢雨，匹马纵横，斩颜良，诛文丑，如探囊取物，岂虑江东群鼠；

公习以绿袍青巾，数人跟随，命水手，唤船工，即解缆扬帆，大书关羽旌旗。

（二）

单刀赴会，威镇东吴，虎狼窝里频斟酒；

刮骨疗伤，神惊圣手，针砭声中忙弈棋。

（三）

左手提刀，右手挽胳膊，踉踉跄跄，云长实醒佯醉；

这边绰影，那边晃斧斨，恓恓惶惶，鲁肃全愣半呆。

参军傅干谏曹操

修文明德，立威用武，武德相偕，易成王业；
卸甲寝兵，养士息军，军兵强盛，别做霸凌。

管宁——华歆

宁与歆共种园蔬，刨地见金，宁挥锄不顾，歆拾看弃掷；
歆和宁同时书翰，喧声盈耳，歆离席往观，宁捧读凝神。

许褚—曹仁

内庭侍卫，应召循规常审查，许褚秉公执法；
外镇宗亲，闯关违例严惩办，曹仁满腹牢骚。

庞德归降曹操

马跌陷坑，壁边钩索慑生命；
人遭离间，关键时辰降魏王。

曹操平定汉中地

仲达进言：已收川北汉中，益州震动，智者贵于乘时谋势；

曹操叹曰：何必得陇望蜀，士卒恤存，目前暂不伐蜀兴兵。

曹操用兵

兵若远行疲困，应防夜袭；
路逢狭小杂丛，最忌火攻。

张鲁—杨松

出逃护府库廪仓，心头还有黎民百姓；
受贿得金银珠宝，刀下决无美女香车。

张辽威震逍遥津

江夏、长沙、桂阳诸郡还吴，仲谋锋锐指对岸；
张辽、李典、乐进三人破敌，孟德傍书藏玄机。

甘宁百骑劫魏寨

逍遥津北小师桥，仲谋遇险；
濡须坞中曹家寨，兴霸扬威。

凌统字公绩——甘宁（二副）

（一）

翻身落马，凌统命若悬丝待急救；
怀德垂恩，甘宁弓如满月夺先声。

（二）

不共戴天杀父深仇终了断；
永铭五内救生大德岂忘情。

孙权求和纳贡

董袭沉江，陈武已殁，吴主伤筋动骨；
张昭献策，步骘求和，魏王休战罢兵。

周泰——孙权

冒死轮番救主公，伤及全身，疮疤处处；
解衣细说斟美酒，泪流满面，褒奖声声。

周泰——张辽

周泰忠昭濡须口，吴主潸然落泪；张辽威震逍遥津，小儿不敢夜啼。

周泰字幼平——**曹植**字子建

周泰护驾赏功，点伤吃酒；曹植惧威请罪，随步吟诗。

曹操进位魏王

图谋进位魏王，授意腹心鼓噪；
奏折进呈献帝，矫情戏演双簧。

崔琰

步二荀后尘，不改初衷，崔琰虎目虬髯，性情刚烈；
禀一身正气，何惊杖杀，清河水光山色，星月比邻。

左慈

精彩纷呈，尽情戏弄曹丞相；
迷离扑朔，旷代超强魔术师。

左慈字元放——**管辂**字公明

左慈弄玄，极诡谲能事，是仙，是怪，无法知晓；
管辂卜易，道咎休预言，亦假，亦真，有谁破题。

管辂

（三副）

（一）

自幼剖析六爻玄奥，享神童美誉；
及长钻研八卦幽微，得周易精华。

（二）占卜蜂巢、蜘蛛

户室众多，藏精育毒，房门倒悬，得秋乃化；
觳觫长足，织网吐丝，壁角盘踞，狩猎其时。

（三）卜人事

卜测东吴亡将帅，果真鲁肃咽气；
预言西蜀动刀枪，传讯马超出兵。

讨汉贼五臣死节

事出金吾撤限，玉漏无催，夜半许都起大火；
情由汉帝失权，魏王越位，朝中忠烈动干戈。

张飞智取瓦口隘

宕渠、蒙头、荡石，三寨失守，张郃速逃瓦口隘；
诈败、假撤、佯输，数番迂回，黄忠反击汉江边。

黄忠——严颜

黄忠奋威，严颜并肩，成都频传捷报；
张郃新败，曹洪纠结，南郑笼罩乌云。

黄忠

发已斑白，一刀突斩对方主将；
年临古稀，两臂尚开三石强弓。

夏侯渊——黄忠（二副）

（一）

渊深通谋略，善晓兵机，操倚为西凉藩蔽；
忠皓首奋威，超常臂力，备喻为昔日廉颇。

（二）

魏王潸泪，三八纵横，定军山南猪遇虎；
蜀将建功，七旬披挂，藩蔽阵里刀屠龙。

曹娥—蔡邕

十龄幼女，曹娥至孝惊朝野；
八字碑评，蔡邕高才耀古今。

赵云—徐晃

助张著，救黄忠，拒汉水，赵云虎威惊寇胆；
命王平，宗韩信，搭浮桥，徐晃蛇影成杯弓。

赵云

单枪匹马，敢立营门拒劲敌；
卓识超群，难违初意纳佳人。

智取汉中

汉江水畔，入夕曹营安歇，孔明高阜亮灯，赵云擂鼓鸣锣，一连三夜；

阳平关前，哨探蜀将劫粮，孟德令传救应，许褚翻身落马，因醉负伤。

曹彰 字子文

大丈夫当学卫青、霍去病长驱百千万众纵横天下；

后来者别忘苏武、李将军饱尝风雪霜寒报效国家。

杨修——曹操

侈传口令，可见杨修欠内敛；

射落门牙，才教孟德急班师。

关羽—诸葛瑾 字子瑜

使节求婚，断然回绝，更神色形态失礼，常言道：人生何必太任性；

军师嘱托，全部抛开，忘北拒东和箴言，放眼看：花圃已经扎病根。

刘备进位汉中王

面南称孤，建安廿四吉日；
顺势发力，问鼎九五可期。

关羽——曹操——司马懿

擒于禁，斩庞德，震惊华夏，操欲迁都避锋锐；
遣使节，说吴侯，偷袭荆州，懿观全局呈谏章。

司马懿—吕蒙 字子明

仲达献妙计，荆襄空域起风暴；
吕蒙巧伪装，艕艫底仓藏甲兵。

注：艕艫，吴地的一种大船。

庞德 字令明

策马抬棺，阵前决战，豪气弥漫天地；
横眉引颈，阶下受刑，英名照鉴古今。

关羽刮骨疗毒

羽伸臂袒衣，纹枰对垒，全神贯注；
佗握刀削骨，鲜血浸盂，四座泫然。

华佗

字元化

术医周泰金疮，云长箭毒，治曹操头风却遭谋害；
誉赞仓公再世，扁鹊重生，惜元化绝技从此失传。

失荆州走麦城（三副）

（一）

荆州易主，吕蒙陆逊密谋结果；
麦城祭殇，孟达刘封罪责难逃。

（二）关羽——王甫、赵累、关平、周仓

王甫赵累，赴汤蹈火共荣辱；
关平周仓，上马下鞍同死生。

（三）关羽——刘备

大意失荆州，骨牌效应『多米诺』，
败走麦城，千秋饮恨；
兴师不纳谏，结局难逃『滑铁卢』，
托孤白帝，万古衔悲。

廖化 字元俭

麦城动摇，匹马突围，盼讨援兵救残局；

成都失守，积忧成疾，深惭无力挽巨澜。

徐晃—张辽

胆识兼优，袭敌强攻摧营垒，沔水酣战，深受魏王嘉奖；

智勇俱备，随机应变显才能，合肥扬威，促成吴主罢兵。

关公遇害（三副）

（一）

惊人豪气冲霄汉；稀世英名耀宇寰。

（二）

生前精学万人敌；身后荣留百战功。

（三）

定计袭荆襄，庆功会变追魂会；设谋凭吕陆，领赏人成毙命人。

大梨树——青囊书

跃龙祠侧大梨树，锯斧难入，怪也；
吴押狱抢青囊书，焚烧将完，惜哉。

曹操薨逝（二副）

（一）

纵横天下，位极人臣，权倾朝野；
经略江山，诗抒慷慨，力透洪荒。

挟天子以令诸侯，纵横捭阖乃一流高手；
临碣石而观沧海，豪放雄浑成千古名篇。

（二）

曹丕就位魏王

孟德归天，众拥世子继王位；
华歆谀魏，独逼汉皇降诏书。

彭羕——刘封

彭羕醉时露反情，擒拿下大狱；
刘封责在危全局，法典不轻饶。

曹丕——刘备各自称帝

受禅时，交国琛让位于曹丕，魏王变脸成魏帝；
改元后，移汉祚传承于刘备，皇叔转身进皇宫。

刘备

织席贩屦又何妨，胸怀大志，得天时、地利、人和，终登正位；汰劣选优乃必然，物应法规，经雨打、风吹、霜冻，适者生存。

华歆——祖弼

龙首难随龙尾，索诏华歆谀魏主；
宝郎紧捧宝囊，持玺祖弼忠汉廷。

华歆字子鱼、**王朗**字景兴——**裴秀**字季彦、**贾充**字公闾

受汉禅、更国号，华歆王朗乃宫廷鹰犬；
窃神器、易王朝，裴秀贾充为主子爪牙。

汉献帝 字伯和

号称天子，空有头衔，奸佞手心玩物；实类庶民，绝无权力，金銮殿里名模。

谯周

司天台，观星象，探宇宙奥秘，玄机在握；识气运，明局门，抒胸腔宏观，史鉴可资。

贾诩

呈谏草奏章，常留班部躬身影；
持宏观雄略，应誉帝王座侧师。

赵云—秦宓字子敕

赵云苦谏深违舍魏伐吴皇上旨；
秦宓犯颜招致罢官撤职牢中灾。

孔明上表救秦宓（集句）

殒将星，折天柱，罪归吴将；
迁汉鼎，移刘祚，祸自魏王。

张飞与酒

擒刘岱，击张郃，借咕咚声气装模样；
杖曹豹，鞭范疆，于愤恨时间铸哀伤。

张飞身亡——于禁妒庞德

急性多昏招，粗暴鞭笞下属天崩地裂；

『紧行无好步』，讹传号令收兵术偏心歪。

注：下联上句为于禁语。

诸葛瑾——赵咨 字德度

子瑜见先主，情辞恳切，企求罢兵，竟遭羞辱；

德度说魏皇，声调铿锵，应答得体，深受尊崇。

赵咨赞吴侯

纳鲁肃于林泉，擢吕蒙于军旅，取荆州凭智力，据江汉窥中原，真雄才大略之主；统甲兵于水陆，藏经典于胸枢，采宗旨览史书，选贤能任廉吏，非摘句寻章之徒。

邢贞——张昭——徐盛 字文向

吴侯领爵受封，徐盛放声痛哭；
魏使居尊恃势，张昭怒喝下车。

阚泽——马良

重兵压境，举荐书生挂帅，阚泽全家担保；
见好就收，顺应使节求和，马良再递谏章。

守江口书生拜大将 （二副）

（一）

古时拜将，筑坛会众，赐白旄黄钺，印绶兵符，由此威行令肃，聚凝部属力量；

今日出征，总督全军，宜把隘守关，设防布哨，然后伺隙寻机，逆转沙场天平。

（二）

彼驰骋平坦旷野暑天必懈；
待迁移茂密林荫机会即来。

黄忠——甘宁先后阵亡

吴将弓开力发，黄汉升升腾羽化；
番王弦响矢飞，甘兴霸霸气长存。

八阵图（二副）

（一）

石头堆，腾杀气，吴都督惊惶失措；
鱼腹浦，疑伏兵，黄老翁指点迷津。

（二）

八阵图能抵精兵十万，蜀武侯早埋伏笔；
鱼腹浦幸来智叟一人，吴都督绝处逢生。

猇亭战事

择包原隰险阻结营，犯兵家大忌；
时程傅张冯沙战殁，为王事尽忠。

注：程、傅、张、冯、沙指程畿、傅肜、张南、冯习、沙摩柯。

枭姬祠

战火纷飞，讹传先主驾崩，望西遥哭，投江殉节；
命途多舛，世仰夫人贞烈，立庙水滨，点烛燃香。

陆逊 字伯言

一介书生，满腹经纶，气吞险峡千重水；
尚方宝剑，几声号令，火烧连营百万兵。

吴将朱桓 （二副）

（一）

长驱直进，三路魏兵奔隘口；
以弱胜强，一员吴将挽狂澜。

（二）

率部五千破敌五万，朱桓骤驰立取先锋首级；

出兵三路溃回三停，曹丕懊悔不听太尉诤言。

安居平五路（二副）

（一）

拄杖倚庭栏，非观嬉水一池鲤；

凝神思对策，为退犯边五路兵。

（二）

运筹帷幄，四路寇兵均退撤；
遴选贤能，一人才识效邦家。

邓芝字伯苗——**张温**字惠恕（二副）

（一）

出访东吴，笑觑油鼎，邓尚书不辱王命；
联盟西蜀，趣听答题，张使节先聆雅风。

（二）

天有头、有耳、有足，可考；
君修德、修为、修身，在先。

破曹丕徐盛用火攻（二副）

（一）

徐盛巧施一把火，文远阵亡，魏王败北。
丁奉妙设几巡觞，孙琳纳首，吴主庆功。

（二）

曹丕强势伐吴：攻寿春，至广陵，渡江口，取建业，舟骑并进；徐盛率兵迎敌：造假象，打埋伏，浇鱼油，烧芦苇，风火弥漫。

张辽—徐晃先后阵亡

弓弦响，张辽腰部射穿，丁奉于火焰窜空时瞄准；坐骑嘶，徐晃脑门流血，孟达从惊惶失措里准瞄。

魏帝—吴王

魏帝统兵讨伐江南，死伤累累；吴王传令进攻岸北，祝捷频频。

诸葛亮治蜀

年丰岁熟，粮满仓廒，夜何闭户；

芦笛笙歌，财盈府库，道不拾遗。

孟获

头戴珐琅紫金冠，腰系嵌珠狮子带，鞍跨卷毛赤兔马；

身披璎珞红锦袄，脚穿抹绿鹰头靴，鞘藏饰案松纹刀。

七擒孟获

攻敌先攻心，一舍一寨秋毫无犯；
示恩还示武，七擒七纵智力过人。

吕凯—孟节

吕凯敬献平蛮指掌图，效忠祖国；
孟节力行解密毒泉水，彰显善良。

古庙显圣

祈拜伏波古庙，通灵显圣；
口含薤叶芸香，除瘴消邪。

火烧藤甲军

为王化固基，武乡侯施太极手；
使南蛮臣服，盘蛇谷烧藤甲军。

从孔明祭泸水文中集句

习武从戎，士卒儿郎，尽是九州豪杰；
投明事主，官僚将校，皆为四海英雄。

南征班师集句

同申三令，鞭敲金镫响；
共展七擒，人唱凯歌还。

前出师表（三副）

（一）

殷望亲贤臣远小人，以光先帝；
痛陈近奸佞拒忠谏，为害汉家。

（二）

感白帝托孤之重，夙夜未尝有怠；
酬草庐三顾之恩，经年忙碌无暇。

（三）

沥胆披肝，诸葛亮情洒出师表；

处心积虑，司马昭梦飞受禅台。

赵云争领先锋印

随先帝，南征北战，遇敌奋身，临危无惧色，初衷永续；

届暮年，旧剑新磨，使枪应手，骑射有良驹，再立大功。

夏侯楙 字子休

不知地厚天高，只会纸上谈兵，人前夸口，放话生擒蜀丞相；
讵料金枝玉叶，竟成阵头降虏，事后遮羞，谎言活现魏将军。

马谡—夏侯楙

蜀将出谋，司马仲达削权革职；
魏皇颁旨，夏侯子休佩剑领兵。

赵子龙力斩五将

勇媲当年长坂坡，力诛五将；
兵临羌地天水郡，酣斗一人。

姜伯约归降孔明

自出茅庐遍求贤俊，欲传授平生学识，奈机缘浅薄，未酬夙愿；讵知较量际会风云，得千才类比凤凰，定贡献精诚，力鼎邦家。

王朗

骂人反被人骂，骂成颜有愧色，气填胸腔，身落马背；

攻敌必遭敌攻，攻得体无完肤，神离躯壳，步趋黄泉。

王朗—孔明对阵

曩自桓灵以来：黄巾披猖，天下争衡。盗贼蜂起，奸雄鹰扬。社稷有累卵之危，生灵有倒悬之急；回看桓灵往昔：汉统凌替，宦官酿祸。四方扰攘，六合鼎沸。庙堂由佞臣充斥，殿宇由朽木充梁。

诸葛亮乘雪破羌兵

关兴诛越吉，马岱擒雅丹，国王痛丧一爱将；
魏延斩曹尊，赵云杀朱赞，都督哀泣两先锋。

注：越吉，西羌国元帅。雅丹丞相被放回国。曹真为都督，曹尊、朱赞任正副先锋。

司马懿克日擒孟达

见机行事，星夜兴师擒反贼；
忍辱负重，阵前卸甲换素衣。

武侯弹琴退仲达（三副）

（一）

十指抚瑶琴，笑容满面城楼坐；
双耳听旋律，高亢强音旷野飞。

（二）

紧急关头行险着；淌流汗水湿征衣。

（三）

听琴音激越昂扬增疑惑；命士卒调头转向速撤离。

诸葛亮——甘宁 字兴霸

意闲心定，焚香操琴，视魏军十万渺无物；
胆壮气豪，跃马拔剑，劫曹寨百骑赫有功。

孔明挥泪斩马谡 字幼常

街亭失守，咎归纸上谈兵书呆子；
武侯贬官，众仰秉公执法垂范人。

马谡—魏延

斩罢马谡何伤心，遗言追思深责己；
惩除魏延谁执法，首级落地始知人。

赵云

斩苏颙，慑郭淮，殿后退兵不折一骑半卒；
奖绢帛，赏金锭，高风亮节未收寸缕吊钱。

郝昭 字伯道——王双

郝昭身高九尺，猿臂善射，深通谋略，
受权镇守陈仓道口；
王双九尺身高，铁胎硬弓，擅使流星，
获令服膺前部先锋。

周鲂断发赚曹休

周鲂断发，曹休翳障双目不疑诈；
贾逵瞠睛，陆逊剑麾三军毋嫌猜。

赵云亡故（二副）

（一）

大风吹折庭前树，不祥之兆；
天宇湮沉榜上星，多事之秋。

（二）

国家折栋梁，满朝饮恨；
史笔书业绩，万古流芳。

破曹兵姜维献降书

伯约献降书，网漏曹真诛费耀；
孔明施妙计，神勇魏延斩王双。

王双

身长九尺，黑面黄睛怪相，钦赐银袍金甲，
显赫当时无比；
连胜三人，庆功领尝刚过，猝遭夺命大刀，
落差何处有双。

袭陈仓武侯取胜

陈仓已失，伯道新亡，散关被夺，郭淮上表告急；班部奏章，子丹让印，都督领恩，曹睿下诏出征。

注：郝昭，字伯道。

孙礼字德达——**诸葛恪**字元逊

随游出猎，猛士御前斩虎；举笔添书，幼童宴后得驴。

孙权称帝

碧眼儿坐领江东三十年，终于称帝；
紫髯子伺窥岸北九千里，岂囿封王。

孔明复职

费祎赍诏，孔明官复原职；
张郃逞强，仲达计成落花。

诸葛亮大破魏兵

两下夹攻，魏兵夺路奔逃，相顾后，郭淮、孙礼落荒走脱；三更进发，蜀寨草车拦截，火光中，张郃、戴陵狼狈归来。

陈仓雨季

毕星躔于太阴之分，陈仓因雨难厮杀；
百姓遭受水患之苦，王肃上疏宜罢兵。

汉兵劫寨破曹真

陈式太主观，擅自进兵损其八九；
曹真竟弄拙，倒霉运气输得精光。

诸葛亮致曹真书论『为将者』

静如山岳，包藏宇宙，浩如四海，比较进攻之优劣，预知天文之晴雨；绵若水流，旋转乾坤，曜似三光，揣摩守御之短长，先识地貌之平康。

孔明减兵增灶

师古而不泥古，减兵增灶，欺瞒大都督；
撤离更惑迷离，避实就虚，赞叹武乡侯。

蜀汉运粮官——苟安

散布谣言后，苟安叛投敌国；
厘清真相时，孔明整肃宦官。

郭淮 字伯济——**司马懿**

扬武将军时曰，发檄文调雍凉人马助力；

征西都督从之，袭剑阁阻蜀汉军兵撤离。

张郃 字儁乂——**李严** 字正方

魏延、关兴轮流诱敌，张郃命丧弓弩；

蒋琬、费祎各自求情，李严官谪庶人。

张郃—曹真 字子丹

万箭穿身，张郃魂留木门道；
一书催命，曹真气绝大本营。

木牛流马（二副）

（一）

升级提速，现代汽车古代版；
探根溯源，发明仰首启明星。

（二）

肃然起敬，先贤孤诣求真索隐；
努力继承，后辈踏肩揽月掇星。

魏将郑文——秦朗

诈降蜀营，郑文难诓高人眼；
反间魏寨，秦朗惨亡黑夜天。

费祎出使东吴

渭水搭浮桥，仲达严防阻陇道；
祁山苦缠斗，孔明遣使说东吴。

司马懿交锋廖化

保命弃头盔，魏都督急中生智；
挥刀欠眼力，蜀先锋怨自走神。

注：使节指费祎。

陆逊谈退兵

大军欲退，缓辔徐行，略施烟幕障人眼；
小股佯攻，摇旗呐喊，善用玄虚诓对方。

上方谷

正待瓮中捉鳖，谷底屠龙，仲达有魂离躯体；
忽闻云外鸣雷，阵前降雨，孔明无语问苍天。

司马氏——诸葛氏

上方谷、铁笼山，天意难违逆；
五丈原、绵竹郡，人心太惋伤。

诸葛亮——姜维字伯约

孔明火烧上方谷，晴空降暴雨，苍天拯救失蹄马；
伯约计断铁笼山，枯井涌清泉，大地施恩焦渴师。

主簿杨颙进谏孔明

仆执耕、婢典爨，主人惟监理，此乃持家要领；

公[一]论道、士[二]践行，事务各区分，应为从政提纲。

注：[一]公：三公；[二]士：士大夫。

陨大星汉丞相归天（三副）

（一）

巨星陨落，哀伤泪水注流域；

天柱折摧，痛哭声音传九霄。

（二）

位列庙堂，情系黎民四时福，心牵社稷千年安，鞠躬尽瘁；

职居丞相，家营桑树八百株，产置薄田十五顷，夫复何言。

身瘁出师表，名扬八阵图。

（三）

魏延 字文长

杀韩玄，救黄忠，官封汉中太守，
后脑憾生反骨；
出子午，循秦岭，策献帐内武侯，
奇兵突袭长安。

魏延后期

骁勇冠三军，沙场驰骋惊酋胆；
悲嗟慨一语，权欲沉迷酿祸端。

魏延——杨仪 字威公

马岱斩魏延，炸弹及时抽引信；
杨仪妒蒋琬，牢骚太盛断肝肠。

马岱——宗预

斩魏延者，骇惊马岱刀锋，诸葛亮临终授密计；
见宗预时，仿佛邓芝口气，孙仲谋有感赞客卿。

魏主——太子舍人张茂

朝阳宫、太极殿、总章观，拆铜人，魏主大兴土木；
青霄阁、凤凰楼、九龙池，铸翁仲，舍人强谏泡汤。

魏少傅杨阜谏魏主表章

传记尧舜禹汤，淡泊清廉，尚茅茨，卑华宫，换取民安国泰；

史书桀纣秦楚，骄奢淫逸，兴土木，彰权势，难逃政息人亡。

公孙渊——司马懿（二副）

（一）

起兵造反，公孙渊麾剑指许、洛；
平叛戡凶，司马懿扬鞭定襄、辽。

（二）

就虚避实，围点打援，司马懿玩于股掌；
轻躁少谋，恃强好斗，公孙渊败自骄纵。

曹真——司马懿

家道中落，子丹承嗣尽豚犬；

世人盛传，仲达后昆皆虎狼。

司马懿诈病赚曹爽

深算老谋，装哑装聋装重病，惟妙惟肖；

随机应变，假情假意假糊涂，活现活灵。

曹爽 字昭伯

掌御林，飞鹰走犬去畋猎，甲兵武士倾巢而出；摄朝政，暗箭明枪不设防，血雨腥风接踵而来。

钟会 字士季——**邓艾** 字士载

钟镇西，稍长熟读兵书，深明韬略，人夸梁栋；邓艾吃，自幼喜观地理，爱察天文，自诩凤凰。

夏侯令女

截耳表忠，不以寒窑改节；
断鼻明志，岂因富户易心。

姜维——邓艾

姜维抢关，齐发一弓十矢连弩箭；
邓艾退敌，虚张百鼓千声频摇旗。

司马懿亡故（三副）

（一）

明韬略，谙兵机，鹰视狼顾，魏王欠介意，
错诠三马同槽梦；
夺祁山，占渭水，胡搅蛮缠，蜀将颇寒心，
厌对全才挂帅人。

（二）

一流战略家，岂囿执鞭瞻马首；
当代弈棋手，悍然仗剑进皇宫。

（三）

深入核心，一纸奏章重九鼎；
聚焦本质，片言谏草值千金。

孙权薨逝

三星高照：领爵、封王、称皇帝；
众仕主公：周瑜、鲁肃、陆伯言。

丁奉——孙峻

老当益壮，不使长枪用短刀，丁奉雪天破敌；
宗室精英，行将大勇加巧智，孙峻宴席诛奸。

困司马汉将奇谋——姜维

无寸铁，止张弓，接箭回射，顷刻落翻马背；
除郭淮，诛徐质，联珠串成，窥斑便识豹身。

废曹芳

悍然施暴，党同张缉灭三族；
强势逼宫，废黜曹芳做庶人。

立曹髦

换代类同走马灯，缘由权贵私心膨胀；
佞臣戏耍儿皇帝，归咎君王世袭弊端。

毋丘俭——司马师

毋都督、文刺史，合谋举帜讨司马；
钟侍郎、宋县令，助出奇招定淮南。

文鸯 字文俶

手执钢鞭，临阵未逢敌手；
身怀武略，失时难展宏图。

司马师 字子元

眼珠迸出，恐乱军心，咬烂被头强忍痛；
印绶移交，欲窥天下，嘱操权柄莫放松。

张翼——姜维

张翼上书：蜀疆浅窄，钱粮鲜薄，应据山川险要，恤卒爱民，保全国力；

姜维抒志：汉祚传承，道路艰辛，当遵丞相遗言，攻城略地，炫耀军威。

司马昭——诸葛诞

朝廷换主人，诸葛诞率师讨逆；
话语凭权力，司马昭动怒兴兵。

诸葛诞 字公休

兵败身亡，祖孙三代遭滥杀；
同仇敌忾，部卒百员不贪生。

张嶷—姜维—陈泰—邓艾

张嶷救姜维，杀入重围中乱箭；
陈泰赞邓艾，经由段谷设奇兵。

谯周作《仇国论》

以史为鉴，告诫穷兵伤国力；
秉笔直书，严抨黩武耗民脂。

取长城伯约鏖兵

蔑看《仇国论》，是次出师成画饼；
未察庶民心，连年征战回哀鸿。

姜维斗阵破邓艾（二副）

（一）

一字长蛇阵，艾陷核心遭碾压；
幼年游学时，望凭记忆助逃离。

注：艾指邓艾；望指司马望。

（二）

祁山斗阵，艾缺智能解奥妙；
黄皓进谗，维怀悲愤撂刀枪。

无题

慈不掌兵，锋藏霹雳雷霆称悍将；
刚能致胜，威镇魑魅魍魉号战神。

曹髦驱车死南阙

不甘长隐忍，剑指晋公拼死活，无异驱羊斗饿虎；
何苦讨公平，史称魏主太昏庸，竟然掷蛋砸石头。

成济——王经

成济喊冤叫屈，魂告阎罗殿；
王经含笑受刑，泪飞洛阳城。

姜维弃粮胜魏兵

王瓘诈降，被围绝望投江死；
邓艾逃脱，最悸对方用火攻。

姜维—廖化

战争耗国库，元俭一番言论触痛点；
箭雨落甕城，仲权五百甲兵成靶标。

注：廖化，字元俭；夏侯霸，字仲权。

郤正—姜维

指点迷津：得麦熟充军粮，窥诸城图陇右，慑浪游须止步；

屯田避祸：掌兵权应时局，防宵小谋不仁，守边境保安宁。

昭宣姜维班师

前方将士冲锋陷阵只为克复中原兴汉室；
后主侍从干政进谗极力清除异己出皇宫。

邓艾—钟会

艾做梦：登高山，望汉中，忽然脚底迸泉水；
会闻声：夜惊叫，昼狂喊，孰料军营起怪风。

参军、太尉论钟会、邓艾

兵强马壮，铠甲凝霜，此次出师必破蜀，
参军一言中的：
外争内讧，刺刀见血，这般打斗怎还都，
太尉二问通神。

注：参军指刘实；太尉指王祥。

蒋舒、傅佥——关兴、张苞

伯约两股肱，临难时辰鱼龙立辨；
孔明双臂膊，英年凋谢朝野同哀。

马邈与其妻李氏

围炉饮酒，敌军一到献图册；
分道扬镳，怒火中烧唾丈夫。

邓艾—钟会

邓艾攀登摩天岭，道旁读碣石；
钟会决绝未央宫，耳际传知音。

武侯夫人黄氏（二副）

（一）

貌丑才奇，精研遁甲，熟谙奇门，教子竭忠行孝；
德贤性慧，关注政形，制订方略，助夫擘画智谋。

（二）

貌丑难遮蕙姿兰质心灵美；
时艰方知卓识真知底蕴深。

后主敕命姜维归降

众将咬牙切齿，怒发冲冠，泄愤拔刀砍石；
一人附耳低言，忍辱负重，伺机浴火重生。

刘谌——诸葛瞻 字思远

北地王一门殉节，皓魄同归昭烈庙；
驸马爷二代捐躯，英名永耀武侯祠。

北地王刘谌及夫人崔氏

国亡家破，舍身全气节；
夫唱妇随，撞柱伴王爷。

姜维

受双亲禀赋，胆大如鸡卵，堪恨天违人愿，
空抱起死回生术；
得武侯真传，才高似塔尖，徒悲力不从心，
虚念抽刀断水经。

司马昭语

败军将士哪能称勇敢；亡国大夫不足论图存。

钟会—司马昭

螳螂捕蝉，黄雀在后；钟会监艾，晋公盯随。

曹丕—司马炎

丕承汉统，黄初立首岁；炎受魏禅，泰始定元年。

姜维

智光突现，从中取事，临机深谙武侯法；
汉祚将终，乏力回天，拭泪难招上将魂。

司马炎——羊祜问答

举贤荐善，自焚奏稿，何避本人知晓；
携职拜官，恩谢私门，决非明理作为。

杜预—羊祜 字叔子

博古通今，生前爱读丘明传，伐吴三军主帅；
清廉耿直，殁后长遗堕泪碑，兴晋一代元勋。

降孙皓三分归一统

江底铁锥，水面缆索，难挡刀锋箭镞；
西蜀黄皓，东吴岑昏，早该腰斩凌迟。

孙皓 字元宗

根基毁尽，『千寻铁锁沉江底』；祖业淘空，『一片降幡出石头』。

刘禅 字公嗣　乳名：阿斗

溺于酒色，宠信宦官，阶下成因不思蜀；辱没祖宗，枉为人主，筵前得乐忘姓刘。

司马炎

赖祖宗荫庇，得裴秀贾充辅佐，权夺曹魏；
顺时代潮流，应杜预羊祜设谋，势吞孙吴。

书中历次反间计

离间对方，挑起君臣窝里斗，本轻利厚；
兜拿机会，坐看鹬蚌网中收，事半功倍。

凑句

将在外君命有所不受，君当权将行必须循规。

作者感悟

势乃命途背景，时为运气开关。

三国演义读后感

封建世袭旧制成动乱根源，社会分崩离析；
共和民主新风是太平法宝，国家长治久安。

后记

经过一年的忙碌，终于可以松口气了，《三国演义人物五百联》已经进入排版阶段，与读者见面，指日可待！

《三国演义》一书场面宏大，内容丰富，情节高潮迭起，故事精彩纷呈，人物造型丰满，笔墨淋漓酣畅，文化底蕴极其深厚！罗贯中先生留给我们一笔巨大的精神财富，我们应该感谢他为我国文学事业做出的卓越贡献！

试图以对联这种文学形式对三国文化作一点探索是我的本意，由于水平有限，仅仅停留在表皮上的咬文嚼字，没有也不可能做深入细致的探索，形诸笔墨的所谓对联也就难以摆脱索然寡味的必然结果了。

本县文坛耆宿留葆祺先生在耄耋之年挤出时间精力为本书作序、斧正，深情厚谊，铭记不忘。『老上司』潘海峰先生别后二十多年仍不忘旧谊，在炎夏酷暑为本书作序，正应了『历久弥新』这句老话。吟长王经纬先生对本书几处瑕疵给予指正，并以书法作品志贺。对于诸位长者的厚爱，在此致以深切的敬意与谢意！

诚恳地欢迎方家读者批评指正！

戊戌夏月野石写于谦益斋

王经纬，字十从，晚号庸翁，斋名石缘茅舍。中华诗词学会委员，浙江省书法家协会艺术委员会指导。著有《王经纬甲骨文集联二百例》《王经纬篆刻集》《青田石百印百咏》《王翁诗词手稿》等。

图书在版编目（C I P）数据

三国演义人物五百联 / 野石著. -- 杭州 : 西泠印社出版社，2018.9
ISBN 978-7-5508-2489-8

Ⅰ. ①三… Ⅱ. ①野… Ⅲ. ①对联－作品集－中国－当代 Ⅳ. ①I269.7

中国版本图书馆CIP数据核字(2018)第215270号

三国演义人物五百联

野　石　著

出 品 人　江　吟
责任编辑　叶康乐
封面题签　叶秀桂（集字）
责任出版　李　兵
责任校对　刘玉立
封面设计　王　欣
出版发行　西泠印社出版社
地　　址　杭州市西湖文化广场 32 号 E 区 5 楼
邮　　编　310014
电　　话　0571—87243079
经　　销　全国新华书店
设计制作　杭州真凯文化艺术有限公司
印　　刷　浙江海虹彩色印务有限公司
开　　本　850 mm × 1168 mm　1/32
印　　张　10.375
印　　数　0001-2000
书　　号　ISBN 978-7-5508-2489-8
版　　次　2018 年 9 月第 1 版　2018 年 9 月第 1 次印刷
定　　价　38.00 元
